花の旅人

山内《やまうち》 弘子《ひろこ》 詩集

阿見《あみ》みどり 絵

JUNIOR POEM SERIES

もくじ

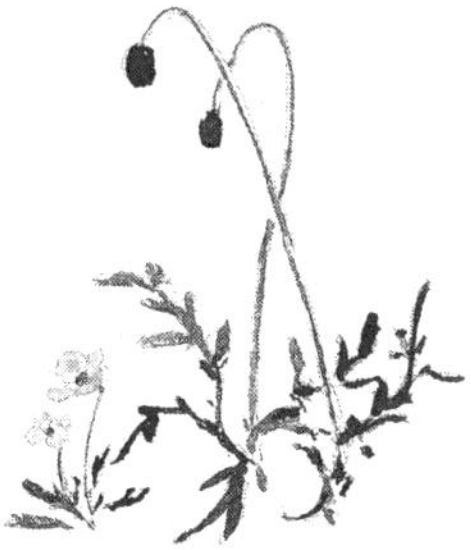

四季の詩《うた》

梅ごよみ　6
春の交叉点《こうさてん》　8
花の舞《まい》　10
生きる　12
桜花《さくらばな》　14
花の旅人　16
思い出　18
夏の別れ　20
静かに秋が　22
椎《しい》の実　24
季節はずれに　26
秋のスケッチ　28

花に寄せて　30
木枯《こが》らし　32
すすき　34
空蝉《うつせみ》　36
雪の花　38
輪舞《ろんど》　40
雪が降る　42
沈黙《ちんもく》の世界　44

心の風景

まどい　48
孤独《こどく》　50
真間《まま》の井《い》　52
ある日　54

寂寥《せきりょう》　56
旅のアルバム　58
時間よ止まれ　60
流れる時の中で　62
夏の夜　66
さ・よ・な・ら　68
しゃぼん玉　70
やすらぎ　72
秋風の吹く頃《ころ》は　74
鞦韆《ぶらんこ》　76
光に向かって　78
空からの手紙　80
ノスタルジア　82
私　84

四季の詩

梅ごよみ

春まだ浅き　京の山里
咲《さ》き揃《そろ》う　梅の花の上《え》
雪の花　散る

春告草《はるつげぐさ》の　名のように
風待草《かぜまちぐさ》の　名のように
香雪《こうせつ》の　名のように
風を待ち　雪の中で　春告げる香《かお》り花

一重《ひとかさね》の雪衣　花にまとい
舞《ま》い降りる　雪にゆれて
今開く　梅のこよみ
薄紅《うすべに》のひとひらに　雪を抱《いだ》き
薄紅のひとひらに　香りを添《そ》えて
凛《りん》と咲く　梅の花よ

春まだ浅き　京の山里
咲き揃う　梅の花の上
雪の花　散る

春の交叉点《こうさてん》

流れる風は　春
温《ぬく》もる水は　春
旅立ちの終り
春の訪《おとず》れ

北に帰る白き鳥よ
空翔《かけ》る白き鳥よ
なずな　こでまり　雪柳《ゆきやなぎ》

旅立つ鳥の羽毛《はね》白く
仲間は何処《どこ》へ行ったでしょうか

華《はな》やぎ　旅立ち　春　春
渡り遅《おく》れた鳥は舞《ま》う
菜花　れんぎょう　すみれ草
仲間は何処へ行ったでしょうか
仲間は何処へ行ったでしょうか

別れの言葉悲しげに
雲居《くもい》に紛《まご》う
春の交叉点

花の舞《まい》

さくらさくら　花だより
朧《おぼろ》に霞《かす》む　光のシャワー
下照《したて》る道は　匂《にお》い淡《あわ》く
柔《やわ》らかな　花のベール

風に揺《ゆ》れて　花ふぶき
道辺《みちのべ》に咲《さ》く　タンポポの上
重ね重ねて　花の舞

春の日の　桜暦《さくらごよみ》

屢鳴《しばな》く鳥の音《ね》　花を渡《わた》り
愛《め》で来る人の　華《はな》やぎの色
川面《かわも》に揺れる　花びらに問う
ゆりかもめ　旅立のとき

やがて果てる　春の宴《うたげ》
はらはらと　急ぎ散りゆく
時は春
桜ふぶき　花の舞
桜ふぶき　春を舞う

※屢鳴《しばな》く（しきりに鳴く）

生きる

川のせせらぎ
季節の流れ
緑の谷間に生命《いのち》が生まれ

生きとし生けるものよ

北の大地の山懐《ふところ》に
小さき獣《けもの》の営みに
時間《とき》は移ろい

季節は巡《めぐ》る

春の目覚めに
森の精霊《こだま》に
川面《かわも》に躍《おど》る魚の群《む》れに

生きとし生けるものよ
悠久《ゆうきゅう》の時間《とき》の流れに
ものみな輝《かがや》いて
生きとし生けるもの
ものみな輝いて

桜《さくら》花《ばな》

やわらいだ光の中で
小さい花びらが
小さな薄桃《うすもも》の花びらが
空に舞《ま》う
　舞い落ちる
しだれ柳《やなぎ》　桜花《さくらばな》
乱すのは　止《や》めましょう

おだやかな春の一日《ひとひ》
季節《とき》の流れの中の

ほんのつかの間の出来事

心ない風の中で
小さい花びらが
小さな薄桃の花びらが
風に舞う
　舞い落ちた
　淡《あわ》い絨毯《じゅうたん》　桜花
　汚《よご》すのは　止めましょう

あたたかな春の一日
季節の流れの中の
ほんのつかの間の出来事

花の旅人

山深く
紫陽花《あじさい》の里に眠《ねむ》る
古《いにしえ》の兵《つわもの》よ

紫陽花は
五色《ごしき》の花に何を思う
古の兵達《たち》か
それとも花の儚《はかな》さか

人に離《はな》れ　里に離れ
幻《まぼろし》の世の花となりて
現身《うつそみ》に甦《よみがえ》る

ああ　花の旅人

水無月《みなづき》の雨に濡《ぬ》れて
色を増す紫陽花の花よ
鮮《あざ》やかな五色に思いを込《こ》めて
今の世に
心伝えておくれ

（鎌倉武士終焉《しゅうえん》の地といわれ谷倉《やぐら》に入《はい》れない下級武士が
土葬《どそう》されたと伝えられる妙行寺《みょうこうじ》曼荼羅《まんだら》堂跡《どうあと》にて）
※現身（この世・現世）
※水無月（陰暦六月の別名）

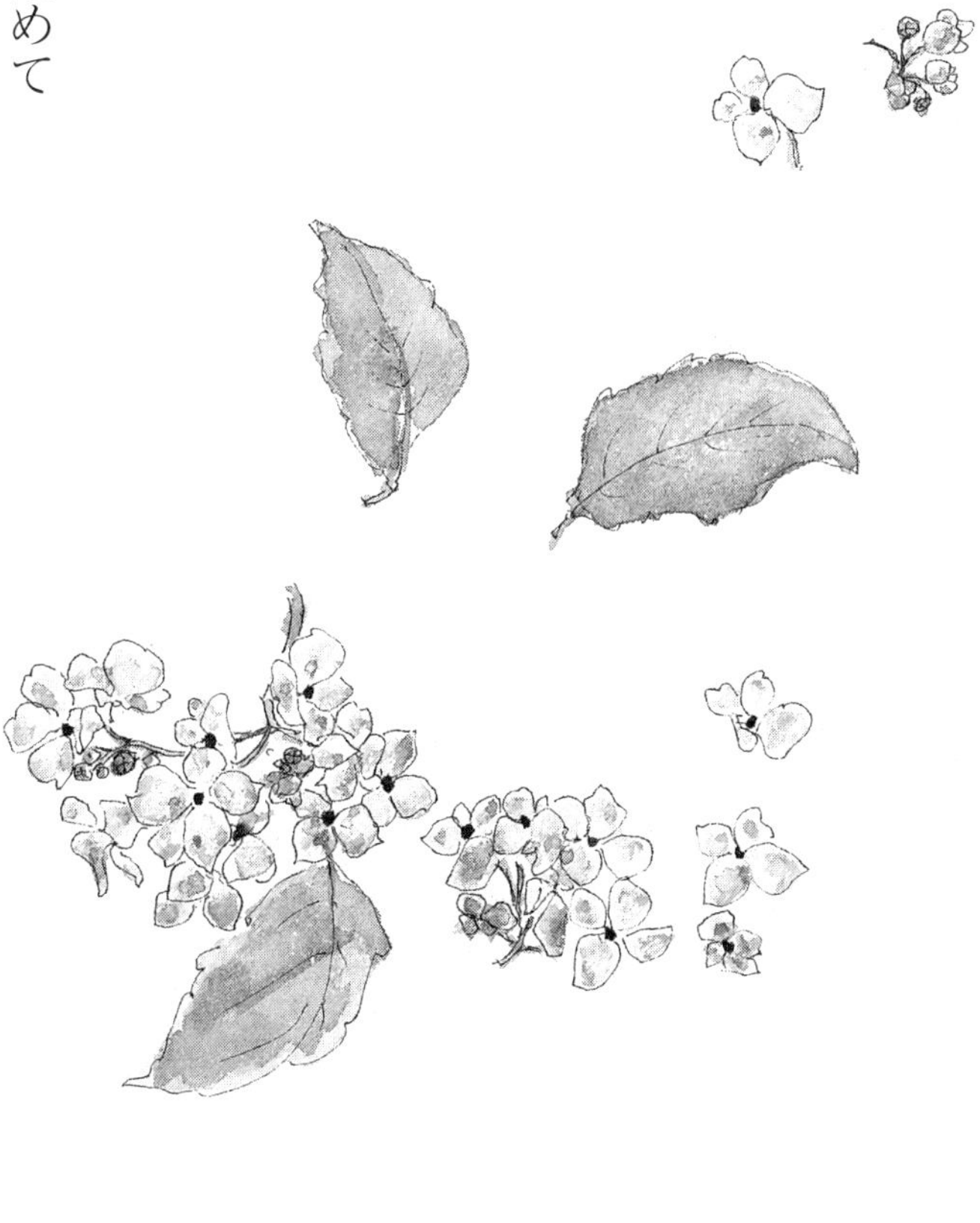

思い出

まつむし草の花は
薄紫《うすむらさき》の花びら
みどりの風に揺《ゆ》れて
咲《さ》いていますか

その昔
薄紫の花に似て
人知れず心に咲いた
あの淡《あわ》い思い出を

あなたは知っていますか

それは昔
遠い遠い昔

まつむし草の花は
薄紫の花びら
今も
思い出の高原で

薄紫の花よ
高原の風を泊《と》めて
ひそやかに咲いていますか

夏の別れ

秋の吐息《といき》が
風にゆれて
草の間《ま》で
弦《いと》をつまびく虫の音《ね》が
まだ　佇《たたず》んでいる夏の背を
急《せ》かせるように染《し》み渡《わた》る

いくたびの夏に出逢《であ》い
夏に別れ
通り抜《ぬ》ける季節の中で
束《つか》の間《ま》の輝《かがや》きが
心のひだに
ほのかな温《ぬく》もりをそえて

別れゆく夏よ
夏の別れ

静かに秋が

はたはたと
風に揺《ゆ》れる　浜辺《はまべ》のパラソル
人の波　彼方《かなた》へ続く
燦々《さんさん》と　照りつける太陽
海辺の静けさ　奪《うば》う夏

照りつける　夏の日差《ひ》は去り
いつの間にか秋　もう秋
白い波　揺れるマスト

海辺の静けさ　甦《よみがえ》る秋

季節は廻《まわ》る　回転木馬
夏から秋への　回転木馬
季節の暦《こよみ》　時刻《とき》を進め
ひと雨ごとに　秋・秋・秋

宵待月《よいまちづき》の　白い影
黄金《こがね》に揺れる　芒《すすき》の穂《ほ》
静かに　静かに
秋は深く
静かに秋が
深まってゆく

椎《しい》の実

椎の実ひとつ　木の枝で
そっとひかって　揺《ゆ》れました
秋のかおりも　揺れました

空高く
流れる雲の足もとに
椎の実ひとつ
秋のたよりを伝えます

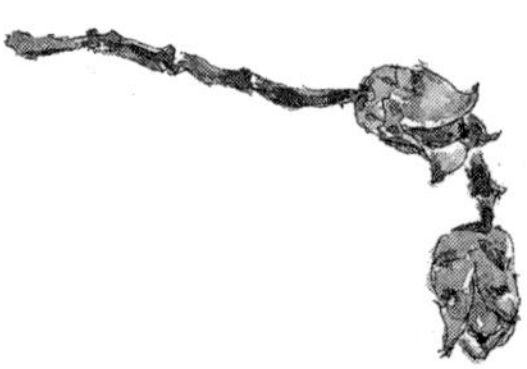

椎の実ひとつ掌《てのひら》に
そっと拾って入れました
秋のかおりも入れました

穏《おだ》やかな
季節《とき》の気配《けしき》の移り香《が》に
椎の実ひとつ
秋のぬくもり伝えます

小春日《こはるび》の
のどかに憩《いこ》う日だまりで
のどかな秋が揺れてます

※小春日（陰暦《いんれき》十月の頃《ころ》のうららかな日）

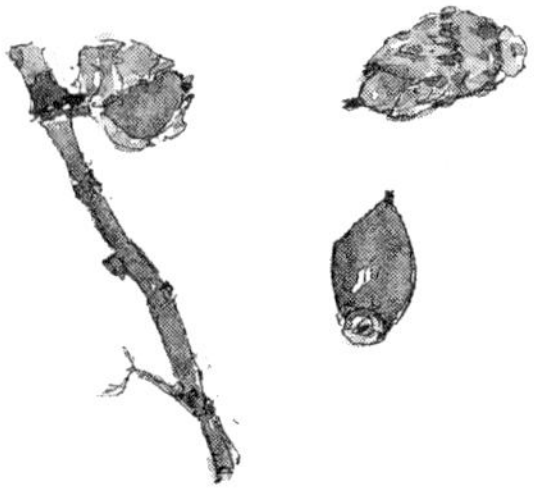

季節はずれに

今は秋
朝のやわらかい光に
にっこりと花をひらいた朝顔は
青い空を見ていた

季節はずれに咲《さ》く花は
小さく　赤く
心のかぎりを花に寄せて

夏を追いかけ
大急ぎで咲いたのに
季節は過ぎて夏も終わり

今は秋
朝のやわらかい光に
ひっそりと花をひらいた朝顔は
遠い空を見ていた

秋のスケッチ

春におくれた　蝶々《ちょうちょ》がひらり
あわだち草の　花から花へ
季節を忘れて　舞《ま》っている
小春日和《こはるびより》に　春宿す
すすきの原の
のどかな秋に
春におくれた　蝶々がひらり

あわだち草の　花から花へ
やさしい日差しに　舞っている
そよぐ白穂《しらほ》に　影《かげ》落す
すすきの原の
のどかな秋に

春におくれた　蝶々がひらり
あわだち草の　花から花へ
春を求めて　舞っている
白い蝶々と　秋の風
すすきの原の
のどかな秋に

※小春日和（陰暦《いんれき》十月の頃《ころ》の暖かい晴天）

花に寄せて

はまなすの紅《あか》い実を
あなたは知っていますか

北欧《きたぐに》のたそがれに
はまなすの垣根《かきね》が続く
緑の原を歩きました
大きな紅いはまなすの実が
遅咲《おそざ》きの花にまみれて
あちらにも　こちらにも

夕日をうけて
輝《かがや》いていました

夕ぐれ遅い静かな街
時の流れがゆるい街を
気球が飛んでゆきました

ある日
森と湖のはるかな街を
はまなすの紅い実を
あなたは知っていますか

木枯《こが》らし

木枯らしは
きみじかな季節の使い
ある時は
ためらいもなく木《こ》の葉をゆすり
ある時は
箒《ほうき》のように木の葉を寄せて

秋の気色《けはい》を剥《そ》ぎ落とし
早く早くと秋を押す
大人《おとな》の背を押《お》す子供のように
早く早くと秋を押すのか

すすき

オレンジ色に染まりゆく白雲は
真っ赤に燃えた太陽のかけら
ほの白いシルエットは
色をなくした景色《けしき》のなごり

十二月の空
群れて咲《さ》くすすき
穂《ほ》を開き

風にゆれて
日暮れの早い師走《しわす》の空に
凛《りん》として
天をみる

薄《すすき》・芒《すすき》・すすき

オレンジ色に染まりゆく白雲は
真っ赤に燃えた太陽のかけら
ほの白いシルエットは
月光《つき》を待つ　夕暮れのすすき

空蝉《うつせみ》

寒空に
耐《た》えて身を置く空蝉は
去年《こぞ》の夏の忘れ形見
太陽《ひかり》差す夏に生まれ
木枯《こが》らしの冬に出会う

主《あるじ》なき空蝉は
身を潜《ひそ》めたるが如《ごと》く

前栽《せんざい》の根元《あしもと》に
姿留める蝉衣《せみごろも》
巡《めぐ》り来る夏を待つのか
去年の夏を懐《なつ》かしむのか

如月《きさらぎ》の空の下《もと》
空蝉は黙《もく》して語らず

※空蝉（せみのぬけがら）
※前栽（庭先に植えた草木）
※如月（陰暦《いんれき》二月の別名）

雪の花

雪が白く白く咲《さ》いている
雪がまるくまるく咲いている
裸木《はだかぎ》に咲いた花は
花嫁御寮《はなよめごりょう》の綿帽子《わたぼうし》
枝から落ちる雪の雫《しずく》は
花嫁御寮の涙《なみだ》でしょうか

風に舞《ま》う雪の子よ
そんなに急いでどこへ行くの
野うさぎは帰りましたよ

雪が白く白く咲いている
雪がまるくまるく咲いている

雪の花が咲いている
雪の花が咲いている

輪舞《ろんど》

大空をキャンバスに
水玉模様描《えが》きながら
舞《ま》い降りる
雪よ
音もなく　さらさらと

吹《ふ》き抜《ぬ》ける風よ
その美しい
雪の絵模様を

こ・わ・さ・ないで
軽《かろ》やかに身をゆだね
早春《はる》の谷間廻《めぐ》りながら
降り積もる
雪よ
絶え間なく　はらはらと

季節《とき》をゆく風よ
この静かな
私の安らぎを
こ・わ・さ・ないで

雪が降る

雪　雪　雪
絶え間なく　密《ひそ》やかに
降り積もる　雪

聖母《はは》となりて
　野山を包み
聖母となりて
　大地を包む

音もなく
ただ　音もなく

連なり落ちる　雪の花
天空《そら》より降《お》りる　雪の花
儚《はかな》げに舞《ま》う　雪の花よ

この世の汚《けが》れを
隠《かく》すが如《ごと》く
大地に眠《ねむ》りを
誘《さそ》うが如く

雪　雪　雪
絶え間なく　密やかに
雪が降る

沈黙《ちんもく》の世界

果《は》てなく青い　冬空に
朧《おぼろ》に浮《う》かぶ　昼の月
満月の　白い影《かげ》に
空の青さ　透《す》かして佇《たたず》む

雲一つない　群青《ぐんじょう》の空
吸い込《こ》まれそうな　天上の彼方《かなた》に
白い昼の月の　静けさ

心に映《うつ》る　沈黙の世界

やすらかな　午後のひととき
やすらかな　心の一齣《ひとこま》

見上げる空に　一陣《いちじん》の風
動き始めた　春の気配《けはい》を伝えて
ふくらみかけた　梅の蕾《つぼみ》に
ぬくもる冬の　光の中に

心の風景

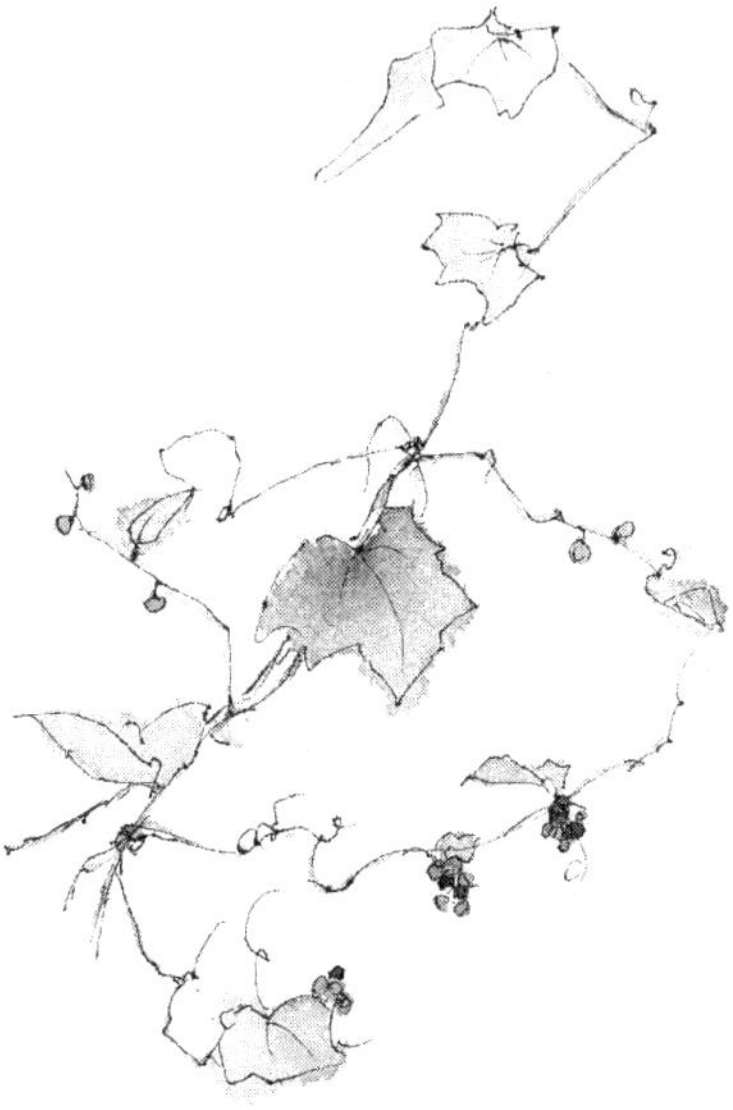

まどい

風のように
なにげなく通り過ぎてきた
時の交叉点《こうさてん》
友と夢を語りながら
希望に胸をはずませながら
なんのためらいもなく
急ぎ足で・・・

人生の坂を上り
下りつつある今
転ばぬように
ちょっと立ち止まってみませんか
明日《あした》のために
明日の夢を紡《つむ》ぐために

孤独《こどく》

離《はな》れたい
私の友達から
離れたい
私の兄弟から
離れたい
私の父母から

すべての人が遠く感じられた時

私は静かに人の群《む》れを離れ
自然の中に身を沈《しず》めたい

自然は
疲《つか》れきった私の心を
誰《だれ》よりも
優《やさ》しく包んでくれる

健《すこ》やかな心を保つために
離れたい
この造形の世界を

真間《まま》の井《い》

遥《はる》か遠い万葉《まんよう》の
真間の手古奈《てこな》の伝説《ものがたり》
数多《あまた》の男性《ひと》に慕《した》われて
海の中へと消えていった

真間の井は　見た
男性に恋《こ》われる悲しみの涙
やさしさ故《ゆえ》の苦しみの涙

自ら命を終える涙を
真間の井は　見た
真間の井は　映《うつ》し見た

朝な夕なに水を汲《く》む
手古奈を映《うつ》した古井戸
真間の井は
遥かに遠く時代《とき》を越《こ》え
現在《いま》猶《なお》　葛飾《かつしか》真間にある
現在　ここに在《あ》る

※真間の井（千葉県市川市の亀《かめ》井《い》院《いん》にある井戸）

ある日

ある日
ふと見ると　柿《かき》の葉に穴が開いている
枝の上に眼を向けると
葉がない
まるで洋服を剥《は》ぎ取られた被害者《ひがいしゃ》のように
枝に残った柿の実からは
心細そうにつぶやく声が聞こえそうだ

〃私は大丈夫《だいじょうぶ》〃

一体誰《だれ》の仕業《しわざ》
眼《め》を凝《こ》らしてよく見るが
重なり合った葉に隠れてか
何も見えない

これ以上葉が消えませんように

寂《せき》寥《りょう》

空より蒼《あお》き　水《みな》の面《も》は
嶺《みね》の白雪　抱《だ》きしめて
深く静かに　慈母《はは》の如《ごと》くに

人を離れ　里を離れ
救い求め　安らぎ求め
はかなき道を　彷徨《さまよう》は

心なくした　迷える羊
救い求め　彷徨は
心なくした　放浪人《さすらいびと》よ

深く静かな　山の湖
深く静かな　慈母の胸に

空より蒼き　水の面は
嶺の白雪　抱きしめて
深く静かに　慈母の如くに

※彷徨（読み方は「ほうこう」。さまようこと）

旅のアルバム

いつの日のことか
緑の小高い山ふところを
友と肩《かた》をならべ
草燃える大和路《やまとじ》に
古《いにしえ》を尋《たず》ね歩いた日のこと
思い出してごらん
旅のアルバムを

若き日の足跡《あしあと》が
今もどこかに残っているかと
語りかける胸のうち
心によみがえる旅のかずかず

いつの日のことか
北のはずれの灯台に
友と肩をならべ
かぐわしいはまなすの
香《かお》りの野辺《のべ》を歩いた日のこと
思い出してごらん
旅のアルバムを

時間《とき》よ止まれ

眠《ねむ》れない夜
むなしく過ぎる
時間《とき》の流れ

喜びも悲しみも
のみ込《こ》んで
音もなく　姿《かげ》もなく

幾星霜《いくせいそう》の時代《とき》を抜《ぬ》けて
遠く流離《りゅうり》の旅をする
時間は終りのない旅人

静かに過ぎる
時間の流れ

眠れない夜
私を置き去りにして
何処《どこ》へ行くの
時間よ　止まれ！

※幾星霜（長い年月）
※流離（郷里を離《はな》れて他郷にさまようこと。流浪《るろう》）

流れる時の中で

流れる時の中で
誰《だれ》かが泣いている
流れる時の中で
すべもなく泣いている

流れる時の中で
山が火柱《ひばしら》をあげている
流れる時の中で
命の産声《うぶごえ》をあげている

人はただ
故郷《ふるさと》を偲《しの》び
生きものを思い
帰りたい
帰りたいと
待っている

どこかで時計がなっている
どこかで犬が吠《ほ》えている
どこかで汽笛が呼んでいる
どこかで・・・

流れる時の中に
今日の日が去ってゆく
流れる時の中に
悲しみが去ってゆく

（三原山噴火《ふんか》に寄せて）

夏の夜

夏の夜

置き忘れた大地のほてり
置き忘れた眠《ねむ》りの時間
漫然《まんぜん》と灯火《あかり》を点《とも》す
眠れぬ夜の
眠れぬ私

蝉《せみ》が啼《な》く

真夜中の静けさに
真夜中の安らぎの中
夜を通して蝉が啼く
今を生き
明日を生きて

蝉が啼く
天の闇《やみ》に包まれて
限りある時間の中で
眠れる夜を
忘れた蝉が

蝉が啼く

さ・よ・な・ら

暖かな秋の日差しを
カニにもわけてあげたいと
仏心《ほとけごころ》が徒《あだ》になり
二時間後
カニはお腹《なか》を上に伸びていた
「きみの背中は笑っているのに
　きみの鼓動《こどう》は止まっているのか」

冷たい水の中に移し
元気に動けと見守るだけで
どうする事も出来ない悲しみ

カニは
最後の力をふりしぼり
大きなハサミを小刻みに
少しずつ
少しずつ　前にたたむ

まるで挨拶《あいさつ》でもするように

さ・よ・な・ら

しゃぼん玉

秋の空に
たくさんのしゃぼん玉を
とばせてみたい
消えることのない
色とりどりのしゃぼん玉を

それは幸福《しあわせ》のしるし
永遠《とわ》に続く幸福のしるし

秋の空に
たくさんのしゃぼん玉を
とばせてみたい
その中に
私の笑《え》みをこめて・・・

やすらぎ

歌の調べに誘《さそ》われて
ひとり心のままに
音の世界《くに》を遊ぶ私
時に高く　時に低く
　野辺《のべ》につんだつゆくさの花
　ほのかに・・・

誰《だれ》もいない

誰もいない私だけの時間

歌の調べに誘われて
夜のしじまを渡《わた》り
音の世界を遊ぶ私
時に強く　時に弱く
　もの悲しげに初秋《はつあき》の風
　さやさや・・・

誰もいない
誰もいない私だけの時間

秋風の吹く頃《ころ》は

秋風の吹《ふ》く頃は
黄金《こがね》の穂波《ほなみ》　揺《ゆ》れゆれて

はるか彼方《かなた》に　響《ひび》くのは
村の祭りの　笛の音
遠く幼い　思い出の
心に残る　笛の音

秋風の吹く頃は
秋桜《こすもす》の波　揺れゆれて

淡《あわ》くほのかに　届くのは
香《かお》りやさしい　花の色
通り過ぎた　思い出の
心に残る　花の色

秋風の吹く頃は
心の波が　揺れゆれて
心の秋が　揺れゆれて

鞦韆《ぶらんこ》

鞦韆がゆれる　風にゆれる
夕焼け色の風をのせて
緩《ゆる》やかに　緩やかに
鞦韆がゆれる

幼子の心ゆらす
たわむれの昼下がり
ぬくもりと微笑《ほほえ》みのせて
鞦韆がゆれる

黄昏《たそがれ》の風に抱《だ》かれ
山の端《は》に陽光《ひかり》は移り
今は誰《だれ》もいない

誰もいない公園
淋《さび》しげに風にゆれる木と木
そこにいるのは
風と木と　そして夕日と

鞦韆がゆれる　風にゆれる
夕焼け色の風をのせて

光に向かって

光に向かって飛んでいるのは誰《だれ》

ここは雲の上の
雲だけの美しい世界《くに》
雲の山　雲の海　雲の川　雲の林

涌《わ》きおこる白煙《けむり》
それは雲のブリザード
織りなす蔭影《かげ》

それは降り積もった雲
雲の上に雲
雲の上に空

鮮《あざ》やかな紅色《くれない》の光
今　大空に天幕《まく》を開く

光に向かって飛んでいるのは誰

それは私
翼《つばさ》を持った　私

空からの手紙

冬枯《ふゆが》れの街
行《ゆ》き交《こ》う人も　街並みも
風景《けしき》は同じ　平常《いつも》と同じ
巡《めぐ》り来る　冬のひととき
木枯《あらし》吹《ふ》く　冬のひととき

突然《とつぜん》の雨
空からの手紙

無常という名の
宛名《あてな》の消えた
空からの手紙
君に届けと
祈《いの》りを込《こ》めて

冬枯れの街
虚《むな》しき人の　微笑《ほほえみ》も
心に響《ひび》く　夕暮れの鐘《かね》
巡《めぐ》りゆく　時の儘《まま》に
移りゆく　時の儘に

ノスタルジア

〝あんたがたどこさ　ひごさ…〟
毬《まり》つき歌がよみがえる
スカートの中に毬を隠《かく》して
夢中で遊んだあの頃《ころ》が

懐《なつ》かしい　わらべうた
心に残る　郷愁《ふるさと》の歌

〝いちれつらんぱん　はれつして…〟

お手玉遊びに歌ってた
意味もわからず興じる私
何時《いつ》とはなしに口ずさむ

懐かしい　わらべうた
心に残る　郷愁の歌

私

雨上がりの黄昏《たそがれ》
空一面の深い靄《もや》
乳白色の深いベールは
時の谷間に靡《なび》き漂《ただよ》う

動きが消えた音のない道に
佇《たたず》む私がいる
ただひとり　彼方《かなた》をみつめ

過ぎ去った世界に迷い込《こ》んだ私

おかっぱ頭に白いブラウス
タータンチェックの吊《つ》りスカート
靄のカーテン越《ご》しに動き回る
天真爛漫《てんしんらんまん》楽しげに笑う
セピア色の小学生の私が
靄の向こうに

あれから何年経《た》ったのだろう
時の流れに　生きて　生きて
今ここに在《い》る私
これから何年
時の流れにゆれて
何処《どこ》に進むのだろう

※天真爛漫（無邪気《むじゃき》な様子）

あとがき

私が二十代の頃、ある用事で長野県佐久市に出掛けた折、電車の同じボックスシートで岐阜の詩人岩間純先生に出会いました。

岩間先生は御自分の主宰する詩誌の話をされながら、私に詩を送るようにと何度も話されました。

詩などあまり縁のなかった私ですが、あまりの熱心さに一度だけと思い投稿したのが、私がこの世界に入るきっかけとなりました。

〝縁は異なもの〟と申しますが、もしあの時、岩間先生に出会わなければ、今このように私の詩も生まれなかった事と思います。

御蔭様で有難い事に、私は多くの先生方、御仲間に恵まれ今日まで続けてこられました。

そしてこの度、ご縁あって銀の鈴社の西野真由美様と出会い阿見みどり様の絵をいただき、私の作品も本となって羽ばたくことになりました。

過去に発表した作品がほとんどですが、少しだけ新作も加えてあります。

疲れた心を少しでも癒すことが出来れば…

そんな思いで作り上げた詩集です。

その中の一編でも皆様に気に入っていただける作品があれば幸いです。

〃御縁とは本当に不思議なものですね〃

二〇〇七年　早春

山内　弘子

詩・山内弘子（やまうち　ひろこ　本名　村岡弘子）
1945年東京生まれ
共立女子大学短期大学部文Ⅰ国語専攻卒業
日本音楽著作権協会会員
日本童謡協会会員
詩と音楽の会会員
金の鳥音楽協会会員

絵・阿見みどり（あみ　みどり）
1937年長野県飯田生まれ。
学齢期は東京自由ヶ丘から疎開し、有明海の海辺の村や、
茨城県霞ヶ浦湖畔の阿見町で過ごす。
日本画家長谷川朝風（院展特待）に師事する。

NDC911
東京　銀の鈴社　2007
88頁 21cm（花の旅人）

ジュニアポエム　シリーズ　186
2007年3月28日初版発行
本体1,200円＋税

花の旅人

著　　者　山内弘子© 阿見みどり・絵©
シリーズ企画　㈱教育出版センター
発行者　西野真由美
編集発行　㈱銀の鈴社 TEL 03-5524-5606　FAX 03-5524-5607
〒104-0061　東京都中央区銀座1-21-7 GNビル4F
http://www.ginsuzu.com
E-mail book@ginsuzu.com

ISBN978-4-87786-186-5 C8092
落丁・乱丁本はお取り替え致します
印刷　電算印刷
製本　渋谷文泉閣

…ジュニアポエムシリーズ…

1 鈴木敏史詩集 宮下琢郎・絵 星の美しい村 ★☆
2 小池知子詩集 高志孝子・絵 おにわいっぱいぼくのなまえ ★☆
3 鶴岡千代子詩集 武田淑子・絵 白い虹 児文芸新人賞
4 楠木しげお詩集 久保雅勇・絵 カワウソの帽子
5 津坂治男詩集 垣内美穂・絵 大きくなったら ★
6 後藤れい子詩集 山本まつ子・絵 あくたれぼうずのかぞえうた
7 北村蔦子詩集 柿本幸造・絵 あかちんらくがき
8 吉田瑞穂詩集 吉田翠・絵 しおまねきと少年 ⟐★◎
9 新川和江詩集 葉祥明・絵 野のまつり ★☆
10 阪田寛夫詩集 織茂恭子・絵 夕方のにおい ◈★☆○
11 高田敏子詩集 若山憲・絵 枯れ葉と星 ★☆
12 原田直友詩集 吉田翠・絵 スイッチョの歌 ★◎
13 小林純一詩集 久保雅勇・絵 茂作じいさん ◉★☆●◎
14 谷川俊太郎詩集 長新太・絵 地球へのピクニック ★◎
15 与田準一詩集 深沢省三・深沢紅子・絵 ゆめみることば ★

16 岸田衿子詩集 中谷千代子・絵 だれもいそがない村
17 江間章子詩集 榊原直美・絵 水と風 ◇◎
18 原田直友詩集 小野まり・絵 虹—村の風景— ★
19 福田正夫詩集 福田達夫・絵 星の輝く海 ★☆
20 草野心平詩集 長野ヒデ子・絵 げんげと蛙 ★☆○◇
21 宮田滋子詩集 青木まさる・絵 手紙のおうち ☆○
22 久保田昭三詩集 斎藤彬子・絵 のはらでさきたい
23 鶴岡千代子詩集 加倉井和夫・武田淑子・絵 白いクジャク ★●
24 尾上尚子詩集 まど・みちお・絵 そらいろのビー玉 児文協新人賞 ★☆
25 水上紅詩集 深沢紅子・絵 私のすばる ☆
26 野呂昶詩集 福島一二三・絵 おとのかだん ★
27 こやま峰子詩集 武田淑子・絵 さんかくじょうぎ ☆
28 青戸かいち詩集 駒宮録郎・絵 ぞうの子だって
29 まきたかし詩集 福田達夫・絵 いつか君の花咲くとき ★☆♡
30 薩摩忠詩集 駒宮録郎・絵 まっかな秋 ★☆♡

31 新川和江詩集 福島一二三・絵 ヤァ!ヤナギの木 ★☆○♡
32 井上靖詩集 駒宮録郎・絵 シリア沙漠の少年 ★☆♡
33 古村徹三詩集 古村徹三・絵 笑いの神さま
34 江上波夫詩集 青空風太郎・絵 ミスター人類 ○☆
35 秋原秀夫詩集 鈴木義治・絵 風の記憶 ★◎
36 水村三千夫詩集 武田淑子・絵 鳩を飛ばす
37 久冨純江詩集 渡辺安芸夫・絵 風車 クッキングポエム
38 日野生三詩集 吉野晃希男・絵 雲のスフィンクス ★
39 佐藤雅子詩集 佐藤太清・広瀬きよみ・絵 五月の風 ★
40 小黒恵子詩集 武田淑子・絵 モンキーパズル ★
41 木村信子詩集 山本典子・絵 でていった
42 中野栄子詩集 吉田翠・絵 風のうた ☆
43 宮田滋子詩集 牧村慶子・絵 絵をかく夕日 ★
44 大久保ティ子詩集 渡辺安芸夫・絵 はたけの詩 ★☆
45 秋原秀夫詩集 赤星亮衛・絵 ちいさなともだち ♥

☆日本図書館協会選定
★全国学校図書館協議会選定
□少年詩賞 ■茨城県すいせん図書
○厚生省中央児童福祉審議会すいせん図書
●日本童謡賞 ♧岡山県選定図書
♡日本子どもの本研究会選定
♥秋田県選定図書
♣愛媛県教育会すいせん図書
◇岩手県選定図書
◆京都府選定図書
⟐芸術選奨文部大臣賞
◉赤い鳥文学賞 ◈赤い靴賞

…ジュニアポエムシリーズ…

46	日友靖子詩集 藤城清治・安西明美・絵	猫曜日だから	◆☆
47	秋葉てる代詩集 武田淑子・絵	ハープムーンの夜に	♡
48	こやま峰子詩集 山本省三・絵	はじめのいーっぽ	★♡
49	黒柳啓子詩集 金子滋・絵	砂かけ狐	♡
50	三枝ますみ詩集 武田淑子・絵	ピカソの絵	☆♡●
51	夢虹二詩集 武田淑子・絵	とんぼの中にぼくがいる	♡○♥
52	はたちよしこ詩集 まど・みちお・絵	レモンの車輪	□♧
53	大岡信詩集 葉祥明・絵	朝の頌歌	★☆♡♥◎
54	吉田瑞穂詩集 吉田翠・絵	オホーツク海の月	★☆♡
55	さとう恭子詩集 村上保・絵	銀のしぶき	★☆♡
56	星乃ミミナ詩集 葉祥明・絵	星空の旅人	★☆♡
57	葉祥明詩集 葉祥明・絵	ありがとう そよ風	★♡
58	青戸かいち詩集 初山滋・絵	双葉と風	
59	小野ルミ詩集 和田誠・絵	ゆきふるるん	★☆●♡
60	なぐもはるき詩集 なぐもはるき・絵	たったひとりの読者	★♡♧
61	小関秀夫詩集 小倉玲子・絵	風《かぜ》栞《しおり》	★♡♥
62	海沼松世詩集 守下さおり・絵	かげろうのなか	☆♡
63	山本龍生詩集 小倉玲子・絵	春行き一番列車	♡
64	小泉周二詩集 深沢省三・絵	こもりうた	★☆♡
65	かわてせいぞう詩集 若山憲・絵	野原のなかで	♡★♥
66	えぐちまき詩集 赤星亮衛・絵	ぞうのかばん	♡◆♥
67	池田あきつ詩集 小倉玲子・絵	天気雨	♡
68	藤井則行詩集 君島美知子・絵	友へ	♡♤
69	藤哲生詩集 武田淑子・絵	秋いっぱい	★♠
70	日友靖子詩集 深沢紅子・絵	花天使を見ましたか	★
71	吉田瑞穂詩集 吉田翠・絵	はるおのかきの木	★
72	小島禄琅詩集 中村陽子・絵	海を越えた蝶	☆★♥♡
73	にしおまさこ詩集 杉田幸子・絵	あひるの子	★
74	山下竹二詩集 徳田徳志芸・絵	レモンの木	★
75	高崎乃理子詩集 奥山英俊・絵	おかあさんの庭	★♡
76	檜きみこ詩集 広瀬弦・絵	しっぽいっぽん	★●□☆♡
77	たかはしけいこ詩集 高田三郎・絵	おかあさんのにおい	♡♣□
78	星乃ミミナ詩集 深澤邦朗・絵	花かんむり	♥☆♡
79	佐藤照雄詩集 津波信久・絵	沖縄 風と少年	☆♡★
80	相馬梅子詩集 やなせたかし・絵	真珠のように	♥★
81	小島禄琅詩集 深沢紅子・絵	地球がすきだ	★
82	鈴木美智子詩集 黒澤梧郎・絵	龍のとぶ村	◇★♥
83	いがらしれいこ詩集 高田三郎・絵	小さなてのひら	☆
84	宮入黎子詩集 小倉玲子・絵	春のトランペット	☆★
85	下田喜久美詩集 方振寧・絵	ルビーの空気をすいました	☆
86	野呂昶詩集 方振寧・絵	銀の矢ふれふれ	★
87	ちよはらまちこ詩集 ちよはらまちこ・絵	パリパリサラダ	★
88	秋原秀夫詩集 徳田徳志芸・絵	地球のうた	☆★
89	中島あやこ詩集 井上緑・絵	もうひとつの部屋	★
90	藤川こうのすけ詩集 葉祥明・絵	こころインデックス	☆

✲サトウハチロー賞
☼三木露風賞
♤福井県すいせん図書
✣毎日童謡賞
♠奈良県教育研究会すいせん図書
♧北海道選定図書 ⊛三越左千夫少年詩賞
⟐静岡県すいせん図書
◎学校図書館ブッククラブ選定図書

…ジュニアポエムシリーズ…

91 新井　和詩集・高田　三郎・絵　おばあちゃんの手紙 ☆★
92 はなわたえこ詩集・えばとかつこ・絵　みずたまりのへんじ ★●
93 柏木恵美子詩集・武田　淑子・絵　花のなかの先生 ☆
94 中原千津子詩集・寺内　直美・絵　鳩への手紙 ★
95 髙瀬美代子詩集・小倉　玲子・絵　仲なおり ★
96 杉本深由起詩集・若山　憲・絵　トマトのきぶん ☆★◎ 児文芸新人賞
97 宍倉さとし詩集・守下さおり・絵　海は青いとはかぎらない
98 石井　英行詩集・有賀　忍・絵　おじいちゃんの友だち ■
99 なかのひろ詩集・アサト・シェラ・絵　とうさんのラブレター ☆★
100 小松　静江詩集・藤川　秀之・絵　古自転車のバットマン
101 石原　一輝詩集・加藤　真夢・絵　空になりたい ☆★
102 小泉　周二詩集・西　真里子・絵　誕生日の朝 ☆■★
103 くすのきしげのり童謡・わたなべあきお・絵　いちにのさんかんび ☆★
104 成本　和子詩集・小倉　玲子・絵　生まれておいで ☆★♡
105 伊藤　政弘詩集・小倉　玲子・絵　心のかたちをした化石 ★

106 川崎　洋子詩集・井戸　妙子・絵　ハンカチの木 □★☆
107 柘植　愛子詩集・油野　誠一・絵　はずかしがりやのコジュケイ
108 新谷智恵子詩集・葉　祥明・絵　風をください ☆●♡
109 金親　尚子詩集・牧　進・絵　あたたかな大地 ☆
110 黒柳　啓子詩集・吉田　翠・絵　父ちゃんの足音 ☆★♡□
111 富田　栄子詩集・油野　誠一・絵　にんじん笛 ♡☆
112 原　国子詩集・高畠　純・絵　ゆうべのうちに ☆
113 宇部　京子詩集・スズキコージ・絵　よいお天気の日に □●☆◇★
114 武鹿　悦子詩集・牧野　鈴子・絵　お花見 □
115 山本なおこ詩集・梅田　俊作・絵　さりさりと雪の降る日 ★
116 小林比呂古詩集・おおた慶文・絵　ねこのみち ☆
117 後藤れい子詩集・渡辺あきお・絵　どろんこアイスクリーム ☆
118 重清　良吉詩集・高田　三郎・絵　草の上 ☆□◆
119 宮中　雲子詩集・西　真里子・絵　どんな音がするでしょか ★
120 前山　敬子詩集・若山　憲・絵　のんびりくらげ ☆★

121 川端　律子詩集・若山　憲・絵　地球の星の上で ♡
122 たかはしけいこ詩集・織茂　恭子・絵　とうちゃん ♡♣★
123 宮田　滋子詩集・深澤　邦朗・絵　星の家族 ☆●
124 国沢たまき詩集・唐沢　静・絵　新しい空がある
125 池田あきつ詩集・小倉　玲子・絵　かえるの国 ★
126 黒田　恵子詩集・倉島千賀子・絵　ボクのすきなおばあちゃん ☆★♡
127 垣内　磯子詩集・宮崎　照代・絵　よなかのしまうまバス ☆♡★
128 小泉　周二詩集・佐藤　平八・絵　太陽へ ★●☆♡
129 中島　和子詩集・秋里　信子・絵　青い地球としゃぼんだま ☆★
130 のろさかん詩集・福島一二三・絵　天のたて琴 ☆
131 加藤　丈夫詩集・葉　祥明・絵　ただ今受信中 ☆★
132 北原　悠子詩集・深沢　紅子・絵　あなたがいるから ♡
133 池田もと子詩集・小倉　玲子・絵　おんぷになって ♡
134 鈴木　初江詩集・吉田　翠・絵　はねだしの百合 ★
135 垣内　磯子詩集・今井　俊・絵　かなしいときには ★

…ジュニアポエムシリーズ…

136 秋葉てる代詩集 やなせたかし・絵 おかしのすきな魔法使い ❁●★
137 青戸かいち詩集 永田萠・絵 小さなさようなら ❁★
138 柏木恵美子詩集 高田三郎・絵 雨のシロホン ♡★
139 藤井則行詩集 阿見みどり・絵 春だから ♡★◎
140 黒田勲子詩集 山中冬二・絵 いのちのみちを
141 南郷芳明詩集 的場豊子・絵 花時計
142 やなせたかし詩集 やなせたかし・絵 生きているってふしぎだな
143 内田麟太郎詩集 斎藤隆夫・絵 うみがわらっている
144 しまざきふみ詩集 島崎奈緒・絵 こねこのゆめ ♡
145 糸永えつこ詩集 武井武雄・絵 ふしぎの部屋から ♡
146 石坂きみこ詩集 鈴木英二・絵 風の中へ ♡
147 坂本のこ詩集 坂本こう・絵 ぼくの居場所 ♡
148 島村木綿子詩集 島村木綿子・絵 森のたまご ❁
149 楠木しげお詩集 わたせせいぞう・絵 まみちゃんのネコ ★
150 牛尾良子詩集 上矢津・絵 おかあさんの気持ち ♡
151 三越左千夫詩集 阿見みどり・絵 せかいでいちばん大きなかがみ ★
152 水村三千夫詩集 高見八重子・絵 月と子ねずみ
153 川越文子詩集 横松桃子・絵 ぼくの一歩ふしぎだね ★
154 すずきゆかり詩集 葉祥明・絵 まっすぐ空へ
155 西田純詩集 葉祥明・絵 木の声 水の声
156 清野倭文子詩集 水科舞・絵 ちいさな秘《ひ》密《みつ》
157 川奈静詩集 直江みちる・絵 浜ひるがおはパラボラアンテナ ★◎
158 若木良水詩集 西真里子・絵 光と風の中で
159 牧陽子詩集 渡辺あきお・絵 ねこの詩 ★◎
160 宮田滋子詩集 阿見みどり・絵 愛一輪 ★◎
161 井上灯美子詩集 唐沢静・絵 ことばのくさり ☆●
162 滝波万理子詩集 滝波裕子・絵 みんな王《おう》様《さま》 ★●
163 冨岡みち詩集 関口コオ・絵 かぞえられへん せんぞさん ★
164 垣内磯子詩集 辻恵子・切り絵 緑色のライオン ★◎
165 すぎもとれいこ詩集 平井辰夫・絵 ちょっといいことあったとき ★
166 岡田喜代子詩集 おぐらひろかず・絵 千年の音 ★☆◎
167 川奈静詩集 直江みちる・絵 ひもの屋さんの空 ★◎☆♥♡
168 鶴岡千代子詩集 武田淑子・絵 白い花火 ★☆
169 井上灯美子詩集 唐沢静・絵 ちいさい空をノックノック ★◎☆
170 尾崎杏子詩集 ひなた山すじゅう郎・絵 海辺のほいくえん ☆♡★◎
171 柘植愛子詩集 やなせたかし・絵 たんぽぽ線路 ☆♡★◎●
172 小林比呂古詩集 うめざわのりお・絵 横須賀スケッチ ☆★◎♡
173 林佐知子詩集 串田敦子・絵 きょうという日 ☆★◎♡
174 後藤基宗子詩集 岡澤由紀子・絵 風とあくしゅ ☆♥★◎♡
175 土屋律子詩集 高瀬のぶえ・絵 るすばんカレー ☆♡★◎
176 三輪アイ子詩集 深沢邦朗・絵 かたぐるましてよ ★☆♡
177 田辺瑞美子詩集 西真里子・絵 地球賛歌 ☆★◎
178 髙瀬美代子詩集 小倉玲子・絵 オカリナを吹く少女 ☆♡
179 中野惠子詩集 串田敦子・絵 コロポックルでておいで ★♡☆
180 松井節子詩集 阿見みどり・絵 風が遊びにきている ★☆♡